后浪

疯狂原始人

[法] 米里埃尔·祖尔切 文
[法] 菲利普·吉洛特 [法] 帕斯卡尔·瓦莱 图
徐峰 译 浪花朵朵 编译

北京联合出版公司
Beijing United Publishing Co.,Ltd.

猎人和采摘能手的装备

克罗马农人的时尚潮流

技能修炼

克罗马农人的美食

自制史前玩具

第一章

猎人和采摘能手的装备

白天，克罗马农人*的大部分时间都花在寻找食物上。他们的橱柜里没有罐头，也没有冰箱以及速冻食品，周围连一家能解解馋的饭馆都没有……想吃东西的时候，克罗马农人就只好出去打猎、捕鱼或者采果子。“著名古人类学专家”胡言先生有一句名言曾在坊间广为流传：人是铁，饭是钢，一顿不吃饿得慌。

* 不知道克罗马农人是什么？赶快翻到本书第 21 页瞅一眼吧！——编者注

测测看 你是什么样的猎人？

*真不容易啊，总算找到一个在科学上站得住脚的测试了。

在你认为正确的答案前打钩：

1× 当你与一只牙比刀尖的老虎狭路相逢时，你会：

- □ 停下脚步，请它先过
- □ 抓到机会就马上躲进地下车库
- □ 非常帅气地从你的坐骑（猛犸象）身上跳下来，然后厉声训斥道：“赶紧买支牙刷去！”

2× 为了给部落里的其他成员指路，你会：

- □ 用大小不一的石头堆一个石头堆
- □ 想办法制造一次山崩
- □ 沿路撒沙子

3× 为了把自己的脚印抹掉，以防被人跟踪，你会：

- □ 紧紧抓住大鸟的利爪，一起飞上云霄
- □ 用一把干草扎成的扫帚把脚印扫掉
- □ 单脚着地，然后踮起脚尖倒着跳

4× 为了在可乐匹克狩猎大赛上搞到一只动物，你会：

- □ 躲在自己的山洞里，等着某只熊来冬眠
- □ 打晕所有对手来增加自己的获胜概率
- □ 全身涂满便便来掩盖自己的气味

你是举世无双独一无二前无古人后无来者的第一猎人。（这么说行吗？求你别揍我！你要愿意的话，我还能把你哄得更开心！）

你是举世无双独一无二前无古人后无来者的第一猎人。（这回我是说真的！）

你是举世无双独一无二前无古人后无来者的第一猎人。（其实……那是你在做梦，现实还是有点残酷的。）

* 本测试由胡言先生亲自审定通过（当代古人类学研究人士，毕业于可乐比亚大学猛犸学专业）

克罗马农人结绳技

假如说现在，你需要把两个东西固定在一起，可是没有胶带，也没有橡皮筋，连螺丝钉都没有……这可怎么办呢？
别慌，咱们不妨学学克罗马农人的结绳技，保证绳子会被绑得解都解不开、拆都拆不散，总之，妥妥的啦！

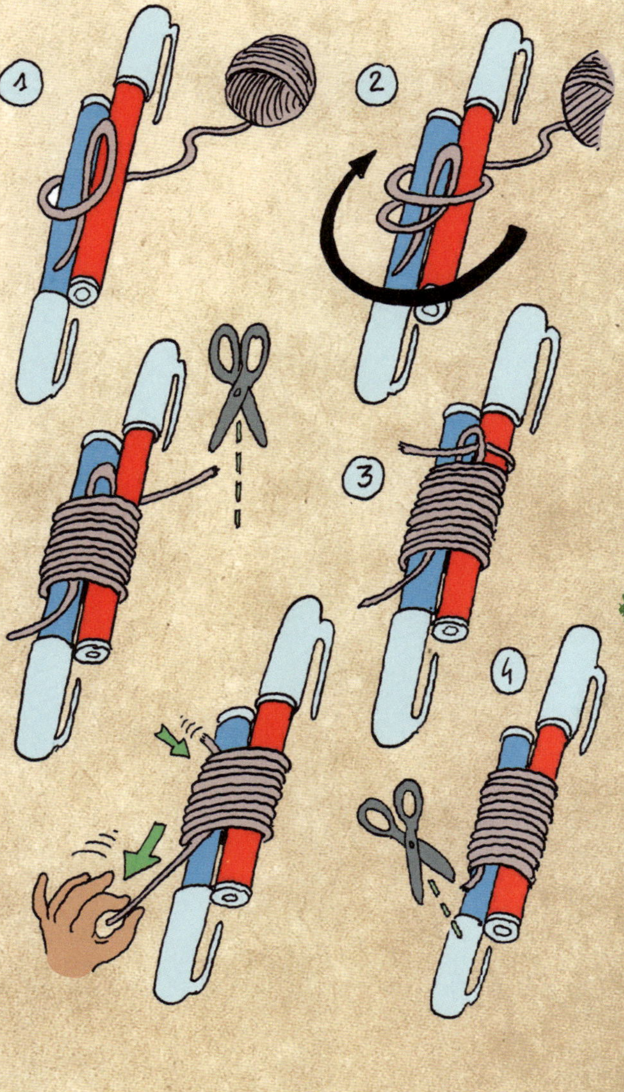

1. 先把绳子的一端绕成一个圆，然后平放在要绑的两个东西上（你先找个东西练手也行，比如 2 支大号的荧光笔）。

2. 剩下的绳子绕着这个圆紧紧地捆上几圈，注意留出 5 厘米左右的线圈。捆完以后把绳子剪断，记得也留出 5 厘米哦。

3. 把刚刚剪断的线头穿进之前留出的那个圆里，这时候要注意，千万别让捆好的那部分绳子松掉。最后，拽住下面的那根线头，使劲儿向下拉。没错，拉得紧紧的！

4. 向下拉的时候，最先留出的那个圆就一点点被拉进了后面绕好的绳子里，等圆差不多被拉到中间的时候，把露在外边的线头剪断就大功告成啦！

做杆标枪打猎去

一根笔直、漂亮的棍子，一块精心打磨的石头，几根绳子和一些胶水，将这些东西组装在一起后，克罗马农人就可以出发去打猎了。你可别被他们比下去呀，照葫芦画瓢，你也快快组装起来吧!

1. 找根又直又结实的棍子，起码得有1米长（树枝、扫帚柄或耙子柄都行）。
2. 把牛奶盒子拆开后压平，然后剪掉一角，要剪出一个等腰三角形（至少有两边一样长），这是用来充当被打磨好的石头的。
3. 将三角形的银色内壁朝外卷成一个圆锥，然后用订书器将接合处订在一起。最后把棍子的一头插进圆锥里。
4. 将圆锥底端捏扁，然后将捏扁后的两个角订在一起，这样棍子就被夹住了。再把这两个角向中间折起来，用胶带粘住。
5. 在“石头”和棍子接口的地方，用刚刚学到的克罗马农结绳技将两者固定住。

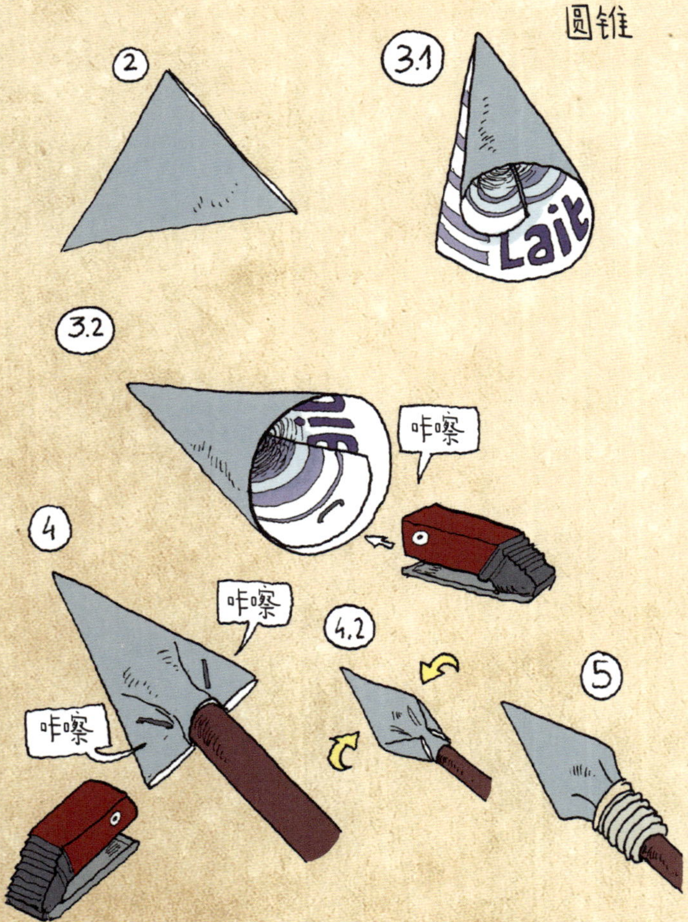

如虎添翼的投枪器

有了这个史前"高科技"产品，你就是当之无愧的超级克罗马农人。
超级克罗马农人无穷的臂力连猛犸象也要自愧不如!

1. 剪下一段约 30 厘米长的海绵软管。
2. 把一根约 45 厘米长的木棍插到软管中，插进去约 8 厘米就可以了。
3. 在软管和木棍的连接处放一个约 2.5 厘米高的"垫块"，并用胶带固定住。"垫块"可以是摞在一起的两个瓶盖、一块石头或者一块小木块……
4. 将海绵软管对折，再用胶带把两端缠紧。
5. 施展克罗马农人结绳技!用绳子把投枪器加固一下。

如何使用投枪器

1. 将标枪插到投枪器的海绵软管里约 2 ~ 3 厘米深。
2. 握住投枪器的手柄，让标枪正好在 4 根手指的上方。
3. 向后弯曲手臂，然后猛地向斜上方一甩，把标枪甩出去。等你练熟以后，你的标枪准会飞得又快又准!

了不起的投枪器!

投枪器发明以后，史前人类就步入了"三更"时期：更快、更远、更有力!因为标枪的爆发力变得更加强大了，所以为了保证稳定的飞行轨迹，史前人类还在标枪的尾部插入了用四根半羽毛做成的尾翼，就像箭羽一样。

史前动物演员表

物尽其用！

克罗马农人会充分利用他们捕获的猎物，连一根毛都不浪费！肉是部落的口粮；骨头可以用来制作工具、投枪器和首饰；兽皮可以做成衣服、被子或帐篷；胃袋则用来盛装和保存液体，因为它的密封性绝佳；而动物的油脂可以作为油灯里的照明原料；就连猛犸象的巨大牙齿也是加固窝棚的好材料呢！

谢幕了！

许多史前动物不能适应气候和植被的变化，从而走向灭绝。

古巨角鹿的角会长到3米长，戴着这么大的一顶王冠，肯定没法在森林里来去自如啦！

古剑齿虎的犬齿能长到20厘米，就像在嘴里插了两把大刺刀。

古披毛犀长着一根1米长的角，它会用这根角扒开雪来找草吃。至于古披毛犀爸爸妈妈是不是总唠叨它的孩子“趁着草还嫩的时候赶紧吃！”就成了无从知晓的秘密。

古洞熊站起来时能有3米高，它们会挖洞，挖完之后还会躲在洞里睡大觉。我相信，就算给谁几个熊胆，他也不敢来打扰正在酣眠的古洞熊！

打造史前货车“双杆橇”

史前人类过着四处狩猎的生活。他们穿山越岭，没有小推车，没有火车也没有公交车……原因如下：轮子要等到史前社会结束前约 2,000 年才会出现！那么他们怎么带着生活必需品到处跑呢，比如那 300,000 块刚刚剁好、还很新鲜的猛犸大排骨该怎么带上？当然是靠双杆橇了，这还用问！

1. 把两根同大人身高差不多长的木棍（约 170 厘米）交叉绑成对称的形状。

2. 将两根约为 55 厘米和 110 厘米长的木棍与第 1 步绑好的木棍连接好，短棍在上，长棍在下，两棍之间留出 55 厘米的间距。

3. 用一根长数米的线绳或者几根短一点的线绳，像床绷子那样“之”字形缠绕在上下两根木棍上——这就是双杆橇载货的部位。

4. 你还可以把一根小木条或者一根绳子像梭子织布一样穿入到“之”字形的线绳里，这样可以加固载货的部位。

轮子闪亮登场

在结束狩猎生活并在村落里定居以后，人类开始饲养牲畜，并开始了农业耕作。几乎与此同时，轮子和文字这两大发明也出现了。文字就是史前时代终结的标志。

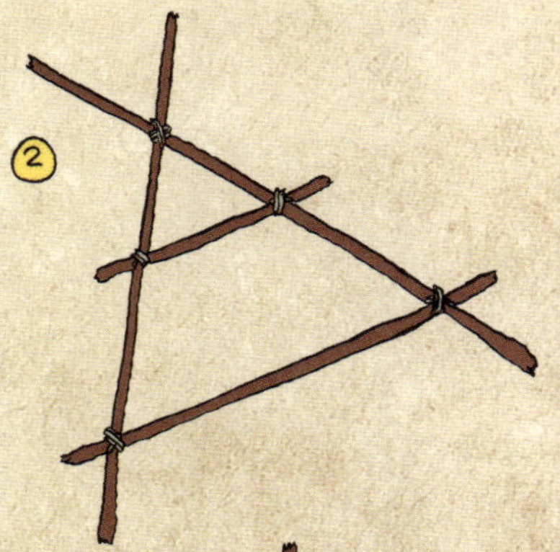

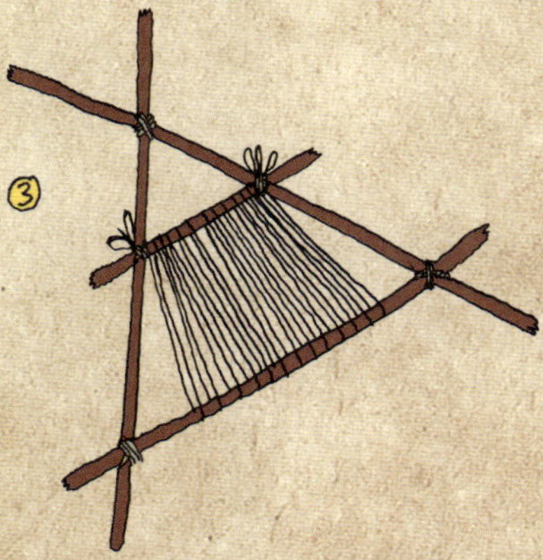

搭个史前窝棚

要知道洞穴可不是掐指一算就能找到的，行走江湖最保险的还是得学会搭窝棚，这真的一点儿都不费事儿。（著名古人类学专家胡言先生的名言）

1. 找 4 个大果汁瓶上的塑料瓶盖（直径约 4 厘米），请大人用美工刀帮你在瓶盖上切出一个“十”字形开口。

2. 将一张旧被单折成边长为 1 米的正方形，平铺在地上。

3. 找来 4 根约一人高（170 厘米）的木棒，将木棒的一头用被单的一角包住后插进瓶盖的十字开口里。用同样的办法把木棒用瓶盖固定好。

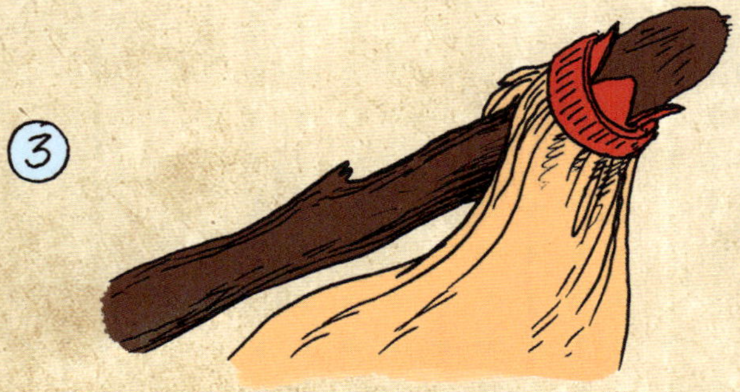

4. 把 1 个方形果汁盒的头部和底部剪掉，变成一段方形的纸管子。将 4 根木棒竖起来套进管子里，然后再把木棒分开，让分开的木棒将床单扯成原来的正方形。

5. 用几张床单做成的帷帐把窝棚围起来。帷帐的上边塞到纸壳管子里固定好。底部可以用晾衣夹把帷帐和铺在地上的床单夹在一起。

6. 史前人是用大石块儿把帷帐扯开的。如果你要在花园里搭窝棚的话，如法炮制就好啦！

美丽星空下的夜晚

其实也不一定要有窝棚才能在星空下露营！选一个没有云彩又不太冷的夜晚，找一个可以避开灯光污染和剑齿虎的地方，在地上铺一块塑料布（比如用胶带粘起来的垃圾袋），然后再在上面铺个备用床垫或一张折了三折的大毛毯。随身备好一瓶水和一个手电筒之后，你就可以舒舒服服地钻进暖暖的“鸭绒被”里。此时，当你仰望着星辰，聆听静夜的声音，怎能不心潮澎湃、思绪万千呢？

人人有屋住！

史前老祖宗有时会把家安在洞穴入口处。不过也不光是洞穴，他们还会就地取材，用树干、猛犸象的獠牙、石头等搭窝棚。为了避寒，在苦寒地区生活的人们还会挖地窖来藏身。地窖上面盖上树枝、野兽皮毛、草或者土来保暖。

克罗马农小毛头，当心呦！

?
!
汪汪
汪汪
?
!
痒痒
!
?
轰隆隆 轰隆隆
牛奶
奶
必需品清单：
一根猛犸象的
獠牙
一块燧石
一个牛胃
当个克罗马农人怎么
这么费事呢……

做个水囊

做个水囊易如反掌！在你家花园里逮一头麝牛，把它切开，取出胃囊，
它的胃囊的密封性天下第一……
不过现在原料短缺，不允许这样逮杀牛啦，我们看看下面有什么妙计！

1. 请一位大人帮你把一个带吸嘴的塑料瓶切开，切口位于吸嘴下方约 2 厘米处。
2. 把两个塑料袋套在一起，做成一个双层塑料袋。
3. 将吸嘴从切下的瓶口拧下来，将双层塑料袋塞进瓶口，塑料袋边缘向外折好。
4. 紧紧握住塑料袋和瓶口，然后向其中倒入你要喝的饮料。把吸嘴拧上，塑料袋的边缘就和瓶口紧紧拧在一起了。水囊就做完啦！
5. 要是想随身带着水囊，你可以剪一段长度合适的线绳（用手拎着的话就短一些，斜挎的话就长一些）。绳子的两头分别打两个活结，将活结套在水囊的吸嘴处并勒紧。

给水囊降温！

将水囊用一块布（或者一双大的袜子）浸湿后包住，放在大日头底下晒。2 个小时以后水囊里的饮料就会冰冰凉啦！降温的秘密就在湿布里的水，水蒸发的时候会将饮料里的热量也吸收走。

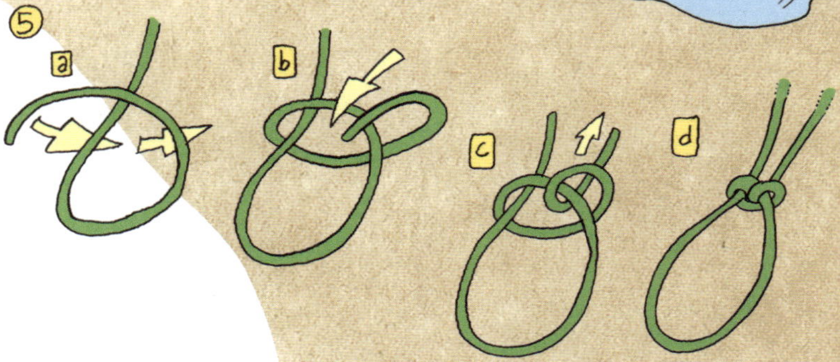

嘎吱
嘎吱

第二章

克罗马农人的时尚潮流

贝壳装饰的腰带、兽牙穿成的项链、精雕细琢的投枪器，这些创作都说明克罗马农人一点也不邋遢，他们其实很爱打扮。现在该你接受挑战了！重温并借鉴史前风格，重新布置一下你的房间吧。让我们掀起一股史前流行风：用原汁原味的克罗马农话交谈，穿最靓的可乐衫，戴最炫的可乐链！

做一回史前明

艺术作品中的史前明星

打火石家族(Les Pierrafeu)

这是 20 世纪 60 年代在美国出品的一部动画片。故事的主角是两个家族：打火石家族和岩石家族。生活在史前时代的他们在家居布置方面紧跟时代潮流兽皮窗帘、木制信箱、石制沙发等一应俱全。使用的科技产品也是十足的史前风格："轿车"是用石头和树干组装出来的，"吸尘器"是一只勤勤恳恳的猛犸宝宝，啄木鸟当仁不让成为了天然"电钻"！连家里养的宠物都特别有时代感恐龙崽成天把剑齿虎崽追得到处狂跑！

帝宝和塔塔木(Tib et Tatoum)

《帝宝和塔塔木》是 2011 年在法国开始出版的一套漫画书。帝宝是史前部落里的一个小孩儿，他认识了塔塔木这个小伙伴以后开心得不得了，可问题是他的小伙伴是一只恐龙。众所周知，恐龙在人类出现很久以前就从地球上消失了。所以……帝宝部落里没人相信他们这个离奇的友情故事。

洞穴王(Capitaine Cavene)

《洞穴王》是美国在 20 世纪 70 年代出品的一部动画片。你可别嫌这个洞穴王老，他可是从史前穿越来的！他的小伙伴们布兰达、莉莉和芭比特在一个冰窟里发现了他。自从相遇之后，大家齐心协力帮他破解了一大堆的秘密！虽然他身材矮小，但比猛犸象还厉害，一身的体毛生得比披毛犀的毛还厚，最好玩儿的是他浓密的体毛下面藏着许多古怪：有一条龙、一支望远镜，竟然还有辆自行车……就连他手上那根棒子都是全能型的，可以当鸟巢、笔，还可以当烛台！

星的铁杆粉丝

很久很久很久以前的人们

露西

露西是一位很老很老的老祖宗，她属于南方古猿阿法种。露西是大家对她的昵称，她的学名是阿法南猿，阿法是埃塞俄比亚的一个地区，露西的骨化石就是在那里被发现的。她生活在300多万年前的非洲大草原！露西已经会直立行走，也会在林间攀爬跳跃。她会采摘野果、捉树叶上的昆虫，以及吃树根来填饱肚子。

克罗马农人

克罗马农是法国多尔多涅省的一个石窟，在这里曾经出土了5具晚期智人的骨骼化石。这些智人大约于3万年前来到了欧洲大陆，他们非常能干，比他们的前辈早期智人技高一筹，他们会打猎、采摘、取火，能制造工具、建造房屋以及交换物品。他们还是全才的艺术家，会作画、雕塑以及谱曲！不但已经具备语言和思考能力，也开始建立社会关系。

冰人奥兹

1991年，两名德国人——西蒙夫妇——在攀登雪山时发现了一具已经风干的人类尸骨。这个被取名奥兹的男子死于5,000年前！由于埋身冰层，他的身体被完好地保存了下来，直到冰山的一角开始融化他才被发现。奥兹年纪大约在45岁左右，随身携带着一把弓、一把斧头、一把燧石刀、一个工具袋以及打火的用品。他的衣服和鞋子是用牛皮和羊皮缝制的。奥兹是死于肩膀上的箭伤。他究竟是一名被敌人射杀的牧羊人，还是伤在战场的部落酋长？千古之谜！

克罗马农人侃大山

让咱们来瞄一眼克罗马农人是怎么说话的。多么生动逼真的语言啊！难怪会历经数千年而不衰，直到21世纪人们都还在用！

史前俗语

- 一曜石两燧刀
- 猛犸之小解，好似暴雨倾泻
- 马农人小弟，今儿你是我的獠牙祭
- 打不着燧石为哪般——没劲儿
- 逮不着五条腿的猛犸象——不稀奇
- 舌头送给剑齿虎——哑口无言
- 嘴巴没被缝到皮衣里——口无遮拦
- 换肩扛标枪——左右摇摆
- 扔了标枪刺到自己的脚——自作自受
- 两面器架到了脖子上——不从也要从
- 马农人之物当归马农人
- 什么人眼里的猛犸像西施——醉人

散发着史前魅力的当代流行语

- 蝎酒治蝎伤——以毒攻毒
- 滚石不生苔
- 原牛角顶原牛角——角（倔）对角（倔）
- 撞到大骨头——找摔
- 男儿汉壮气吞牛，丈夫志岂困荒丘？
- 咬定青山不放松
- 一人拾柴火不旺，众人拾柴火焰高
- 电光石火

史前名句

- 猛犸做菜，吃货最爱
- 原牛最能跑，跑出一身宝
- 风餐露宿好猎手，形影不离两面器
- 头骨是头骨，骨头是骨头，骨头不是头骨，头骨是骨头

话语、话语

声音是留不下任何痕迹的，所以我们对史前人类使用的语言一无所知！不过，专家们却说语言是循序渐进发展而来的，还说智人已经会讲话了。首先解剖学证明他们的生理结构已经允许他们发出连贯的语音，其次他们的艺术创作以及他们埋葬死者的习惯也表明他们之间有语言交流。他们之间的对话除了日常生活的吃喝拉撒，也会涉及比较抽象的主题，比如生命死后的世界。要想知道专家们是不是信口开河，那就只有发明时间飞船回到史前，竖起耳朵仔细听了！

猛犸变成花

男儿汉壮气吞牛！

猛犸之小解，好似暴雨倾泻

撞到大骨头——找摔

要是他们也跟咱们一样每天唠嗑，他们会聊什么呢？

我为皮草狂

宽敞的公寓

前程无量

艺术之美

漂亮的调色板

智人从大自然中就地取材，采集到丰富的颜料。他们先将木炭、不同色泽的土壤、天然金属等材料碾碎或加热，使之方便加工，然后再加入柔滑剂（水、唾液、油脂……）制成颜料。智人把颜料涂在居住石窟的墙壁上，他们会很聪明地依照墙壁的起伏进行创作。他们用手指、手掌、木棍、骨头，还有刷子创作了非常伟大的作品！

画这么多画干吗呀？

请注意，岩画可不是史前时代的墙纸！艺术家的鼻祖们很可能并不是为了表现美感才创作的（虽然它们真的很美！）。为什么这么说呢，因为智人通常选择在石窟最深处的墙壁上作画，这些角落连进都不太好进，更别提让人住在那里了。专家推测这些艺术创作其实与一些敬神仪式、部落典礼有关系，也可能是殡葬仪式的一种形式，旨在表达对死者的尊敬。

从过去到未来

石窟深处的湿气盘旋千年不散，那些年纪超过 3 万年的岩画很有可能遭受厄运！但老天眷顾，我们还是非常幸运地目睹了它们完整无缺的真颜。石窟里稳定的温度和湿度很可能对此功不可没。然而在拉斯科，前来参观的游人却打破了石窟环境的平衡状态。观光客的呼吸、空气温度的上升，还有灯光照明导致了一种菌类的蔓延，使得岩画迅速遭到破坏。史前的艺术作品已经走过几十个千年，从现在开始，保护它们就是我们义不容辞的责任！

岩画以及其他艺术

智人的艺术创作不止限于在岩石上绘画。他们还是雕塑家：骨头、猛犸牙或鹿角都被打造成投枪器和各种小雕塑，小雕塑大多是动物的形状。从发现的长笛碎片中可以看出，音乐在智人的生活中也占有一席之地。

装个交通警示牌

你已经把房间改造成了史前石窟，算是地道的克罗马农人了，祝贺你！不过，还是要给你提个醒……要是粉丝来参观的路上正好跟一头猛犸象碰个正着，那可真是太倒霉了！所以如果想防患于未然，就只有一个办法：提醒他们小心猛犸象。

1. 找一块长、宽都是 38 厘米的纸板，按照下图标示的长度画一个三角警示牌（用来提醒人们有可能遇到的危险），然后剪掉图示中的阴影部分。
2. 把警示牌涂成白色或者银色。
3. 等颜料干透以后，把边缘再涂成红色。耐心等待颜料彻底干透。
4. 用黑色颜料画一只猛犸象（或者别的史前动物）。然后如图所示，画个方框，在方框里写下警示语。
5. 把警示牌用胶泥贴在门上就好了。

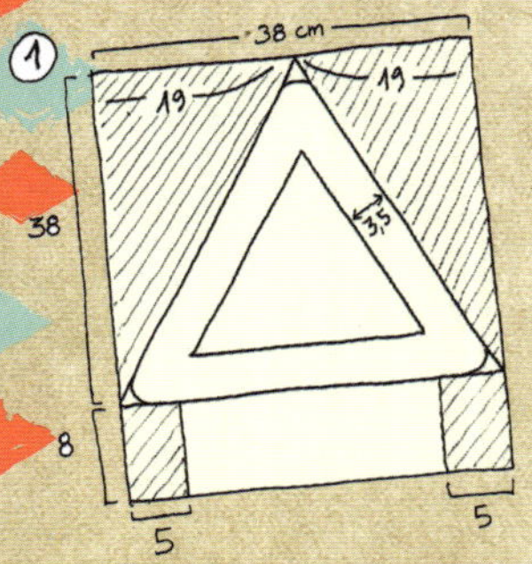

妙手轻松做刷子

史前人类一般用马鬃做成画画的刷子。

旧壁换新颜

史前人的确会在他们的石窟壁上作画。可时光荏苒，咱爸爸妈妈脑子里的想法已经不再是这样，要是你把房间的墙涂得花花绿绿的，肯定会惹麻烦！所以呢，退一步海阔天空——暂且找一张揉皱的纸，让你的想象力在纸上尽情驰骋吧！

1. 将一张褐色的纸揉成团再展开，它展开后的样子就跟石壁表面的纹理差不多啦。
2. 按照下图所示，用铅笔画出一只史前动物的侧面。
3. 用一只蘸着黑色颜料的画笔沿着铅笔线重新描一遍。
4. 用深浅不一的褐色上色。
5. 把画挂在你房间的墙壁上，你的“岩画”大作就完成了！要是你想把房间变成史前石窟，那就在墙上挂满你的画作吧。

量身制作一套行头

克罗马农人虽身在史前，可他们对自己的行头一点也不含糊！
这回该你发挥创造力，为自己做件漂亮衣服了。

1. 找一件单一颜色的T恤衫，按照右图所示剪裁。（剪T恤衫之前最好先征求爸爸妈妈的同意）

2. 用专门给衣服染色的颜料，为衣服添加花纹和图案。克罗马农人的穿衣风格多得不胜枚举，就看你的想象力了！

比如，你可以：

- 把手或脚蘸满染料，然后像盖章一样把手印或脚印印在衣服上。
- 把手放在衣服上，用画笔沿着手的轮廓画一圈。
- 用画笔在衣服上画出史前动物的图案。
- 在衣服被裁切的边缘处，装饰上骨头形状的图案。

做一条腰带

先有鸡还是先有蛋？先有背带还是先有裤子？你可别卷进这场世纪大辩论！还是淡定地给自己做条腰带吧……

1. 将1杯玉米粉、1杯水和2杯碳酸氢钠（就是小苏打粉，和食盐在一个货架上出售的）倒入平底锅中。用中火边加热边搅拌，直到面糊不黏锅底为止。（请在父母陪同下操作）

2. 等到面糊不烫手的时候，用面糊捏出2个小骨头的形状，骨头粗细均可，只要不容易断就好。

3. 在两根骨头中间分别用烤肉的扦子扎个洞，然后放置48小时让骨头干透。

4. 找一根长约150厘米的细绳，在绳的两端绑上那两块小骨头，并打上蝴蝶结。

5. 快把新腰带系在克罗马农新衣上吧！

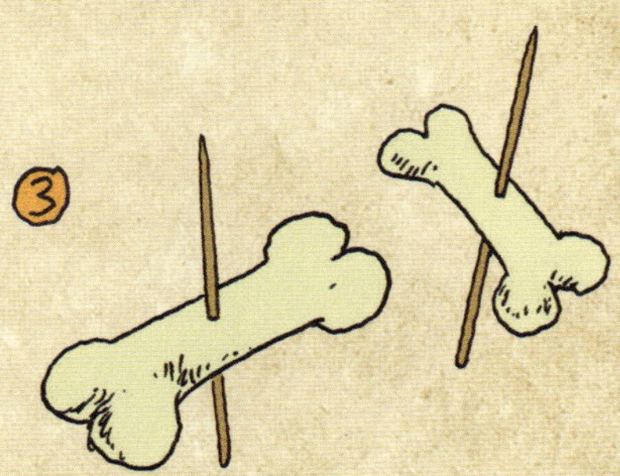

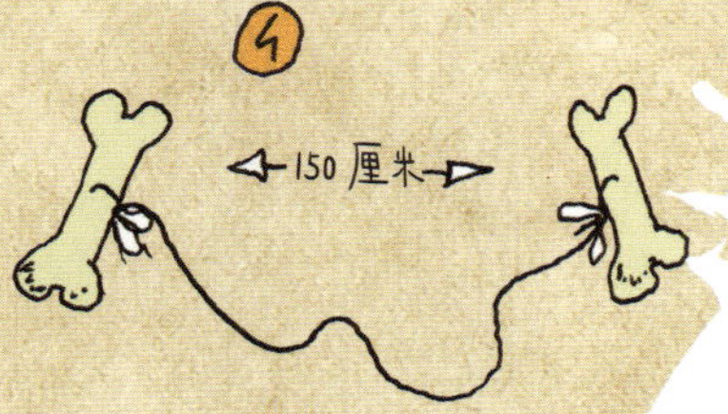

针，真宝贝！

在相当长的一段时间里，把两块兽皮连在一起绝对是个耐心活首先得用一块打磨得比较尖的石头作为穿孔器把皮打穿，再穿一根筋条进去并打好结，然后接下来再打第二个洞，以此类推。这活对手和眼的要求可是很高的！两万年前，人们突然想到可以把骨头制成针，于是一切就变得容易多了。用针缝起衣服来速度又快质量又好，除了可以缝衣服，还可以用来缝制帐篷。

做条犬牙项链

通过狩猎得来的战利品本身就够博人眼球了，如果再把它们戴在脖子上，我保证整个部落的人都会对你刮目相看。还等什么，克罗马侬小子，速速给自己做一条犬牙项链吧！

1. 首先拔掉古剑齿虎的犬牙一颗。要是你家附近找不到这种动物，用玉米面糊做一颗犬牙就好啦。
2. 按照下图所示，用一根烧烤扦子在犬牙顶部穿两个洞。晾 24 小时后再翻面继续晾 24 小时。
3. 找一根长约 60 厘米的皮绳穿到两个孔里（第一个孔是从背面穿到正面，第二个孔从正面穿到背面）。把犬牙拉到皮绳的中间。
4. 皮绳两端打个结，犬牙项链就可以戴在脖子上了！

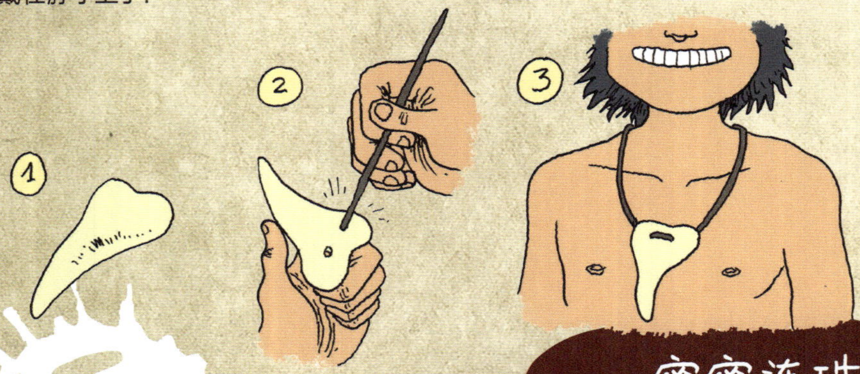

高端、大气的首饰

史前人类用贝壳和牙齿做首饰：鹿、狼等动物的犬牙，野牛、羚羊和马的门牙……专家们在多处墓葬中的人骨附近发现动物骨头和贝壳做的首饰。

密密连珠串

像鲨鱼牙那样的小牙齿也可以做首饰，你需要在每颗牙上打一个小孔，把它们像珍珠项链一样穿好。这次我们以数量取胜，保证人们会对你惊叫“哇噻！”

做个褡裢斜斜挎

史前人随身携带的必备品有：武器、草药、盛满水的水囊（水量要足以支撑到找到下一处水源）等，要把这些零碎东西全带在身上，那就必须要有一个双袋的褡裢!

1. 找一块没有弹性的布，裁成 100 厘米长，30 厘米宽。

2. 把布平铺，在长边的中间做上记号。将两边向中心线对折，折到距中心线各差 2 厘米处。布的边缘用纺织品专用胶粘好。

3. 等胶水干了，你就可以用彩色的线来装饰边缘——先在褡裢边缘 1 厘米处画条线作为标记，然后每 1 厘米就做一个记号。

4. 借助你做的记号，按照右图第一种针法缝下你人生中的第一针。
然后按照第二种针法再缝一遍。

5. 找一根约 130 厘米长的绳子，绳子上挂一个用完的厨房卷纸的纸筒，然后再把绳子两头系在一起打成结。

6. 把绳子斜挎肩上，再把褡裢两边对称地搭在纸筒上。至于口袋向外还是向里就随你的心情而决定啦!

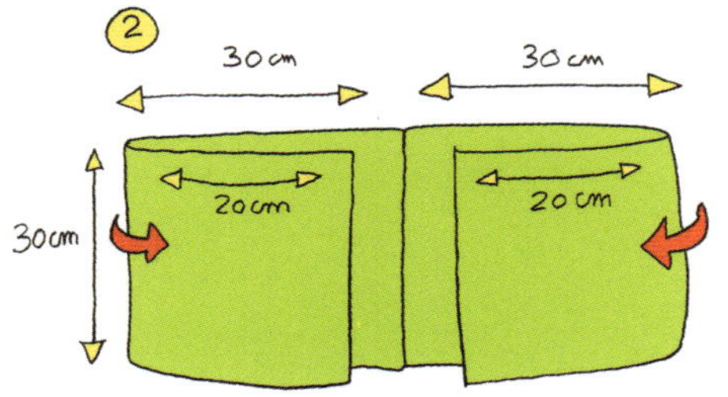

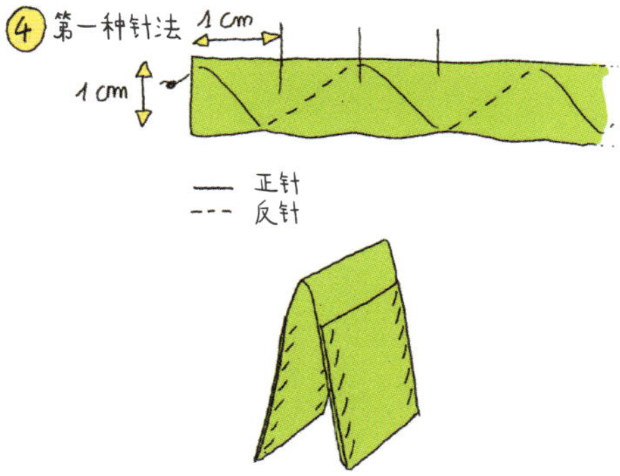

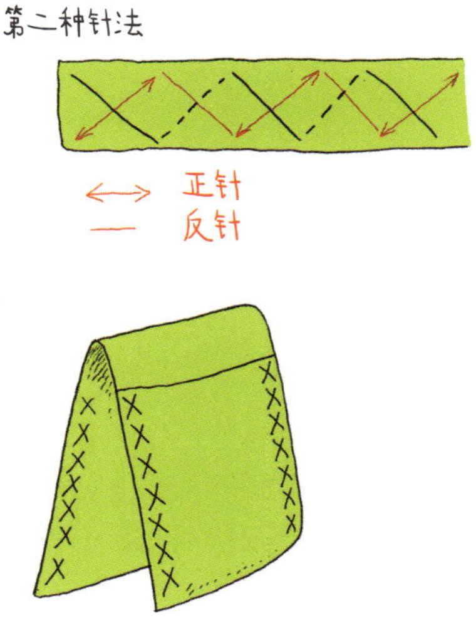

第三章

技能修炼

组织一次令人印象深刻的守夜大会，你甚至可以在会上试着生起一团火……不过这些活动当然不是拍拍脑袋就能做出来的！万幸的是，这里有几条锦囊妙计供你参考！

制作一个发言棒

“要发言先举手”这项规定太老旧了，咱们又不是在上课！但如果你担心守夜大会变成吵吵闹闹的游乐场，克罗马农人会说：好办，想发言的人，需要先拿到发言棒！

1. 准备一个用剩的卫生纸纸筒，用圆规沿着上面的螺旋线每隔 2 厘米扎个洞。
2. 在每个洞里插进一根牙签，让牙签穿过卷轴，从另一边再穿出来。
3. 牙签两头留出约 3 毫米的长度，多余部分剪断，在牙签头上粘上彩色塑料珠装饰。
4. 将口封上，用一个直径约 4 厘米的塑料瓶盖粘在纸筒的一端。
5. 在卷筒里倒进 100 克大米或者黄豆，然后再用一个瓶盖把另一端也封上。
6. 最后，发挥你的创造力，装饰一下这根发言棒吧！

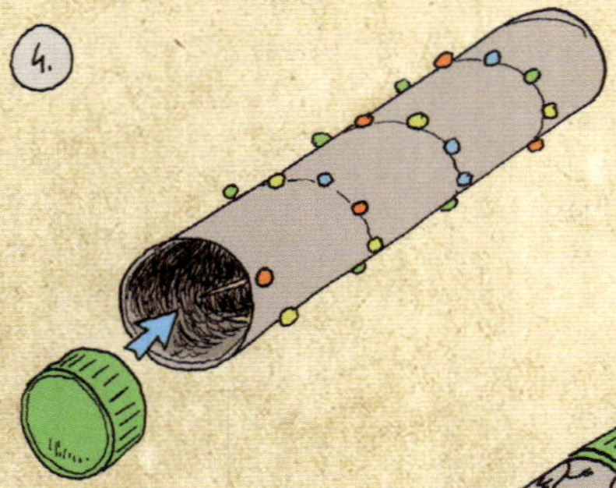

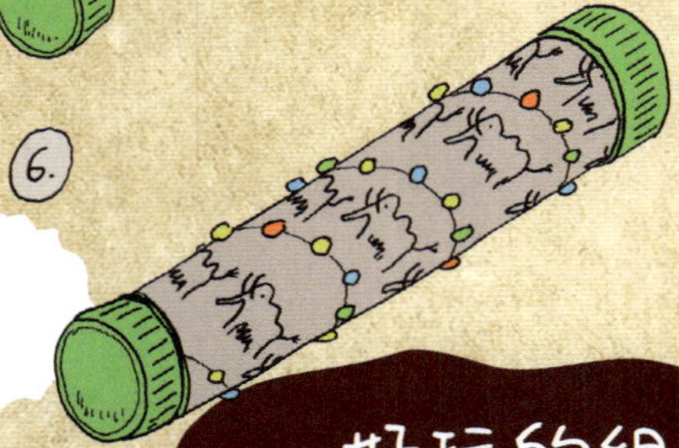

好玩的组合

你的发言棒是雨声棒（犹如雨点落地的沙沙声）和发言棒（持棒者有发言权，其他人必须洗耳恭听）的双重组合。尽管我们也不知道史前人类是否真的用它，但多想无益，且把棒先传下去再说！

克罗马农人
俳句朗诵

用诗歌来给史前守夜大会助助兴，你觉得这点子不错？那好，从日本的俳句中寻找灵感吧，俳句是一种描写自然与四季的短诗。

大师名作

（由于中文是单音节语言，所以改俳句的日文十七音为十七字）

基本功

俳句由 3 句话，共 17 音组成：第 1 句为 5 音，第 2 句为 7 音，第 3 句为 5 音。

悠悠古池畔，
寂寞蛙儿跳下岸，
水声轻如幻。

松尾芭蕉

骚客看嫦娥，
彩云无端把月遮，
趁机歇片刻。

松尾芭蕉

三色堇翩翩，
犹豫采落手偏软，
舍了心不甘。

直女

必备元素：

幽默

原牛驰如电，但恐冰川欲遮天，邀家炉火前。

感叹和象声词

哦、啊、嘘、嗯、嗤、好、唉、呀、扑通、呼啦啦、砰、嗟夫、呃、呜呜、哦呦、唔、哼、哎哟、哒哒、咔嚓、吧嗒、呼啦、嘘嘘！
可乐小儿郎！出猎开心危险忘！扑通趴地上……

必备单词

猛犸象、剑齿虎、瓣羊、驯鹿、原牛、野牛、冰期、冻僵、石窟、洞穴、窝棚、皮、皮毛、牙、獠牙、艺术、岩壁、雕刻、打磨、燧石、两面器、捣臼、标枪、投枪器、针、部落、双杆橇、陶罐、火炭、火、魂灵、采摘、捕鱼、打猎、陷阱、冒险家、游牧、南方古猿、直立猿人、克罗马农、化石、家、鹅卵石、智人、巨角鹿、岩羊、墓地、空间、森林、非洲大草原、石灰质荒地、冰川。

自然取火法

自然古法

在一个打着闪电的下雨天，找一棵刚被闪电劈中的树，用百米赛跑的速度跑过去捡一根还冒烟的树枝。用这根树枝冲着一堆易燃物（干草，干苔藓，干爽的小树杈等）轻轻地吹。小心点儿！闪电不长眼，小心驶得万年船！（危险动作，请勿模仿！）

劈劈啦啦打火法

把苔藓，草或者毛毛等干燥且多纤维的易燃物收集起来揉成一团……一只手拿燧石，另一只手拿一块铁矿石。将两块石头猛地对碰，直到有火星溅到麻团上，百分之百能点着呀！

木头取火

找一根质地较软的木棍，把其中的一端削尖。然后将木棍直立，握于手心，尖的那一端顶在一块质地坚硬的木头上。将木棒在两手掌心之间快速并长时间来回旋转。当摩擦产生的热量把木头变热后，在旁边铺上麻团。不消一会儿工夫，就会有小火苗蹿出来啦！

友情建议

- 工欲善其事，必先利其器——点火需要好材料。闪电必须足够强，燧石也要闪光光，天然木料挑大梁。
- 能被祝融大神评定为高级的火种可不是随随便便就能取出来的！要想成功就必须不断练习，改善技术，当然天赋也不可或缺。加油吧，一遍遍试下来，这是考验毅力的时刻！
- 一团正在生着的火会帮你把待客气氛烘托得很温馨：小伙伴们围坐在火灶旁，灶上烤着的猛犸排和原牛排香味扑鼻，上面还吱吱地冒着油。
- 切记你是个好公民，散场后别忘了把烧完的木炭收集起来！下次在岩洞壁上涂鸦就不愁找不着炭笔啦。

讲述 狩猎故事

克罗马侬猎手们很喜欢在守夜大会上讲打猎时发生的趣事。你干脆也有样学样，跟小伙伴们分享你最难忘的狩猎经历。夜色正浓，你还可以将故事投影到岩壁上。切记：不要忘记准备接下来的各种节目，因为你讲故事的天赋如此之高，听众们很可能会不停地要求：再来一个！

投影准备

1. 找一个大号的手电筒，量好玻璃面的直径长度。
2. 将一块黑色的纸壳剪成几个圆形，圆形直径比手电筒玻璃圆盘的长 1 厘米（比如，手电筒圆盘直径为 6 厘米，圆纸壳的直径便为 7 厘米）。
3. 用粉笔在每个圆形纸壳上画出下图所示的图案。把纸壳放在一块平板上，用圆规尖的那头顺着图案戳出一个个小圆孔，这样你的图案轮廓就是由圆点组成的了。
4. 在每个纸壳的中间粘一块胶泥。

讲述你的初猎故事

1. 首先是故事构思：情节要够起伏，细节要够生动，要有情势急转直下的紧张，还要有惊险和悬念……
2. 其次是绘声绘色的语调：仔细练习你的口语表达，学会渲染故事的氛围——或轻松愉悦，或幽默风趣，或惊心动魄险象环生……
3. 把剪好的圆盘按顺序叠放好：别忘了你可是在伸手不见五指的夜里讲故事！为了一下子就让圆盘和手电筒正好重合，你还必须苦练基本功。不过有了胶泥，圆盘就会乖乖地粘在手电筒上了。
4. 开讲吧：把你的听众都叫到一个漆黑无光的房间里。等大家都落座后，就看你的了！

肉体与灵魂

洞窟里有医生吗?

在一个靠采摘和打猎维生的游猎部落里生活，如果生病了怎么办？在史前时代，身体健康不生病可是非常重要的。史前时代末期的遗骸研究表明，那时人们已经会医治某些疾病，一些植物的药用功能已经被利用了。比如，奥兹在死去5,000年后被人们从冰块中发现的时候，人们发现他的消化系统有炎症，所以他随身携带一种能治疗这种炎症的蘑菇，这很可能不是无心之举！

有没有萨满?

部落里的人在史前时代末期已经有土葬的习惯。他们很可能已经开始信奉同来生有关的信仰。殡葬典礼中似乎有许多不同的仪式，比如在墓里作画或者放置武器以及首饰等。不过直到今天，我们还是无法知道史前时代是否已经有巫师和萨满。

洞窟是通向另一个世界的入口?

我们想当然地以为史前人类生活在洞窟深处，不过事实并非如此！洞窟里通常都很潮湿，而且家里生的烟火也无法散出。克罗马农人对居住环境的舒适度也是有一定要求的！尽管如此，克罗马农人还是选择了在石窟的墙壁上作画。这也许是因为这个地方被赋予了神圣的意义，比如通向来生之路？

声音再大点儿！

人们将尼奥岩洞里一处绘有壁画的地方称为“幽冥音乐厅”。当人们在那里讲话或演奏音乐的时候会产生非常强的回音效果，这些回音肯定让克罗马农人惊讶得合不上嘴巴！所以将壁画绘在此处应该不是巧合！

艺术，除了美还有什么？

人类出现伊始，艺术也随之产生。他们会用绘画或雕刻等不同的艺术手段将从未亲眼目睹的东西表现出来。有些专家认为这些壁画是他们信仰的体现。尽管生存环境险恶，他们却从未停止美的创造。即使我们并不确定宗教信仰在他们作品中究竟占有多大的比重，我们仍然要向他们致敬：光荣属于艺术家！

成为捕捉瞬间之美的艺术家!

再没有比大自然更丰富的材料库了。史前时代的孩子们肯定都是大收藏家!你也一样,松果、花朵、树叶……所有能激发你灵感的材料都可以收集起来,然后用这些材料和你丰富的想象力,制作各种小玩意儿或小人像吧!

透过望远镜看一看……

我们通过克罗马农人留下的蛛丝马迹来了解他们的生活。
要是在灶火附近看到有谷物，这就说明……
……他们在吃野生小麦！
接着，吃饱之后他们需要……
可乐
爆米花
……去做其他的事情！
欢迎来到
可乐乐园

做一块化石

你，伟大的克罗马农大巫师，想让你厉害的法术流芳百世吗？那就给未来的人们准备一个最大的惊喜吧。让我们从大自然中获取灵感，制作一块“化石”！

1. 用一个废弃的小盒子做容器，在盒中混合出100毫升的石膏泥浆。
2. 把石膏泥浆倒进一个蜗牛壳里。一边倒一边轻轻晃动，直到将蜗牛壳灌满。
3. 轻轻敲打蜗牛壳，排出泥浆里的气泡。
4. 把蜗牛壳平稳地放在蛋杯上，静置一夜。
5. 第二日，在杯中倒入20毫升白醋，将蜗牛壳浸到醋里。
6. 只需要一天的时间，白醋就能把蜗牛壳腐蚀殆尽。最后把这块蜗牛“化石”捞出来晾干就大功告成啦。

同一个地球，桑田沧海变不休！

阿嚏，冷啊冷！

在整个史前时代，气候有过几次大的变化。冰川纪时，北半球一度被寒冷统治几十万年！在气候回暖期时，干燥寒冷的气候与温暖潮湿的气候又相互交替，变化多端。所以我们的祖先在世代繁衍中学会了如何适应环境的变化。

海峡就是浮云！

气候对各大洲的地貌有很大的影响。在冰川纪时期，地球北部被一大块冰川覆盖，冰川面积一直延伸到今天的法国北部，地形的起伏也没有办法分辨。那时候，你可以从法国步行走到英国、从日本走到韩国。澳大利亚和塔斯马尼亚岛，以及美洲和亚洲之间都还没有被海峡隔断！史前人类会缓慢地迁徙也与气候的变化息息相关。

变变变！

植物和动物一样，它们也会随着气候的变化而变化。在寒冷的年代，树木数量减少使得森林变成干燥荒芜的平原。动物们也要应对环境的变化：有些消失了，有些则迁徙到别处。你能想象吗，地中海沿岸曾经生活着企鹅和海豹！当然这些变化不是几百年或者几千年就能完成的……植被和动物的物种演化都需要数万年时间才能完成。

扑通，掉大沙漠里淹着了！

撒哈拉大沙漠的地下蕴藏着十分丰富的水资源。这些地下水都是在气候湿润时期积累起来的。

做一盏油灯

火在史前人类的生活中拥有举足轻重的地位。火代表了光明、安全与温暖。找到能够与火形影相伴、寸步不离的方法，就是给你的巫师技能锦上添花。

1. 找个小玻璃瓶（带金属盖的那种，比如小婴儿吃的果泥罐子），按你喜欢的方式把它好好装饰一下：用克罗马农人结绳法把小罐子包裹起来；将面糊糊在瓶子上，让它变成“陶罐”；或者用玻璃专用颜料在上面画上图案……

2. 请大人用钉子和锤子帮你在金属盖中央打一个洞，然后用锡箔纸把金属盖包好。

3. 找一根灯绳（或麻绳），在距它一端 1.5 厘米处别个别针——以防灯绳掉进小瓶里。

4. 把灯绳的另一端塞进瓶盖上面的洞里，然后从瓶盖下拉出来，拉到别针正好能卡在瓶盖上。

5. 倒入半瓶石蜡油或植物油。仔细将瓶盖拧紧,然后等待 2 个小时,直到灯绳吸饱灯油。

点灯喽！

好可乐耶!

好浓的乡土气息，这种仿岩洞涂料的效果真不错!
!
还有这个大的绒毛狗好可爱啊!
?
!?
哦! 还有这么多帅哥!
!
?
…
说真的，我真想跟他们搭伙过日子呢!
呃……好吧，可我们还得赶到恐龙时代参观呢!
对呀! 我还随身带了全套的指剪钳呢!
哐当!
!?
?
哇，你们可真傻啊!
是傻! 可咱们该回去了!
!?

啪唧

第四章

克罗马农人的美食

克罗马农人可谓厨艺非凡，他们已经掌握了蒸、煮、烤等多种烹饪方法，而且还会用香草来调味。他们连眉头都不用皱一下就能给你列出 1001 种烹制猛犸肉的方法！你敢跟他们较量一下吗？

制作一个“面陶罐”

不管是在岩洞还是在窝棚，或是别的地方，备个小罐子在家里总是有用的。
（著名古人类学专家胡言先生的名言）

1. 准备面糊。
2. 用面糊把小玻璃瓶包起来。
3. 用牙签尖的那头在陶罐上画些图案（比如猛犸象、火、窝棚，等等）。
4. 晾晒 48 小时，干透后就可以用它做花瓶、笔筒或糖盒了！

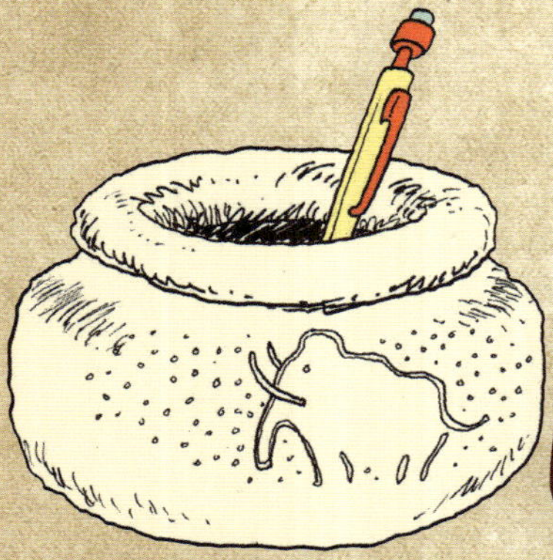

还有余料！

还有多余的面糊？你可以用来做挂在腰带上的骨头坠饰、项链上的犬牙吊坠、克罗马农运动会奖牌，或者用来糊油灯瓶。

罐子很热，别烫着！

制作陶器的时候，克罗马农人会先把黏土压成饼，这块“饼”是做陶器底部用的，然后他们会把黏土搓成条，一条接一条地粘在一起。黏土条搓长，围成一个大圆，陶器就变粗；黏土条搓短，围成一个小圆，陶器就变细（比如瓶颈部分）。等陶器晾干了，就要把它放进土坑里，然后在坑的上面生火。陶器要在这个地下炉里经受长时间烘烤。

陶罐陶罐，你是我最好的伙伴！

在距今约 6,000 年前的史前时代末期，陶器出现了。通过黏土制作出来的能够密封的陶器从此不再是空想。这是一个多么伟大的进步啊！这些罐子能储存液体和谷物，还能用来烹饪食物。很快地，陶器就成为定居下来的人类不可或缺的工具。

烧水!

没有锅，没有微波炉，也没有电烧水壶……克罗马农人到底怎样做才能把水烧开呢？你可以试试下面两种方法，并试着猜一下哪种方法是他们比较中意的。

滚热的石头!

1. 找个特别耐热的杯子，在杯中放一把小漏勺，漏勺里摆上三、四块小石头。
2. 把开水倒入杯中直至淹没石子。等待三分钟，让石头被烫热。
3. 等待的同时，在另一个杯子里倒入 40 毫升的温水，在水里放个温度计。
4. 用漏勺把石子从热水杯里取出再放到温水杯里。
5. 仔细盯着温度计：温水的温度正在升高!

毛茸茸的盘子!

史前人当然没有杯子，所以他们就把兽皮或动物的胃囊用树枝架起来做容器。然后用一块肩胛骨、几根木棍或几根骨头搬运这些滚烫的石头。

纸做的烧水壶!

1. 按下面的步骤叠一个纸杯子:

- 将正方形的纸对折成一个等腰三角形。
- 三角形的底边(长边)向下放置,将顶角向下折叠,左边线与底边重叠。展开,同样一面将顶角再次向下折叠,需要将右边线与底边重合。
- 将三角形的左底角向右折叠,角与上一步产生的右上折点重合,同样,右底角向左折叠,角与左上折点重合。
- 将顶层纸的第一层别进靠外的三角形开口中,如图 8 所示。再将第二层直接向里折,杯子就做成了!

2. 在距“杯口”1 厘米处穿过两根小棍。

3. 把小棍平稳地架在两个高杯子上,然后在纸杯下面放根小蜡烛。

4. 往纸杯里倒入水,再用垫块仔细调整蜡烛的高度,火苗越靠近纸杯(但不能烧到纸杯),水热得就越快。

5. 点燃蜡烛两分钟以后你会发现不但纸杯没被烧坏,纸杯里面的水还被烧热了!更神奇的是,就算火苗“舔”到了纸杯,纸杯也只是会变黑而不会被点燃。原来水是它的保护神!

谜底揭晓

哈哈!克罗马农人生活的时期根本还没出现纸。所以肯定是用石头烧水啦。

史前人类的饮食

史前人用不用牙刷呀？

没这必要啦，他们很可能用牙签儿！龋齿是在史前末期，也就是人类开始定居下来的时候才出现的。由于开始畜牧和耕种，人类的饮食习惯也发生了变化。奶制品和耕种的谷物开始出现在他们的餐桌上。龋齿——就是在这个时候开始找上人类的！

史前人每天要吃三种奶制品吗？

四处游猎又没有养动物的克罗马农人怎么可能喝到动物的奶？不可能的事儿呀！所以，除了被母亲哺乳的小娃娃，克罗马农人是不喝奶的（极个别情况除外）。不过他们食用的植物和动物蛋白足以让他们拥有令人羡慕的健康身体。

咱们怎么知道史前人吃什么呀?

专家们的信息来源多着呢。比如下颌骨和牙齿的形状会提供许多宝贵的线索。专家们在灶火旁边找到了被深埋的残剩的植物（种子、炭火和花粉）和动物遗骸（野猪的骨头）。这些发现能帮助他们推断出人类不同时期的食物。他们甚至连人类的粪化石都研究啦!

③

整个史前时期的食物是一成不变的吗?

史前时期是个非常漫长的时期。这期间人们对抗自然的本事不断增强，偶尔还有各种新发现，再加上气候也不断变化，所以人们的饮食习惯发生变化也就不足为奇了。一般来说，狩猎水平越高，对火的掌握越好，人们餐桌上肉的比重就会越来越大。要知道，最初的人亚族主要是靠吃植物和昆虫为生的。

④

你去热个鸡蛋

你把打火石弄丢了？还忘了发明火柴？好吧，那我们热鸡蛋就用……太阳能炉子好啦！

1. 找块宽 35 厘米的小方木板（或者结实的纸壳），用黑纸包好。
2. 把一块长 50 厘米，宽 35 厘米的纸板用锡箔纸包住，然后把纸板正对着阳光竖直摆好。最后把黑木板靠着它平放。
3. 用黑纸把一只鸡蛋像糖果一样包好，然后摆在黑木板中间。
4. 用玻璃小碗把鸡蛋罩好，然后再用玻璃大碗把玻璃小碗罩上，鸡蛋就这样被罩在双层玻璃罩下了。
5. 为保证双层玻璃罩有良好的密封性，用橡皮泥把玻璃大碗和黑木板之间的缝隙填好。
6. 流黄蛋需要大约一个小时能好，蛋黄熟透的蛋还需要再多等一个小时。

各种玻璃

克罗马农人不会制造玻璃，所以他们不会做你刚刚造好的“太阳能炉子”。不过他们是知晓玻璃的存在的！玻璃是石头在炽热的高温下（1300℃）被烧熔后还没有冷却下来的状态。在火山地区我们能够找到自然形成的玻璃。在发现这种被称为“黑曜石”的物质后，人们就根据需要把它打磨成有用的工具。玻璃的锋利程度可是和刀刃不相上下哦！

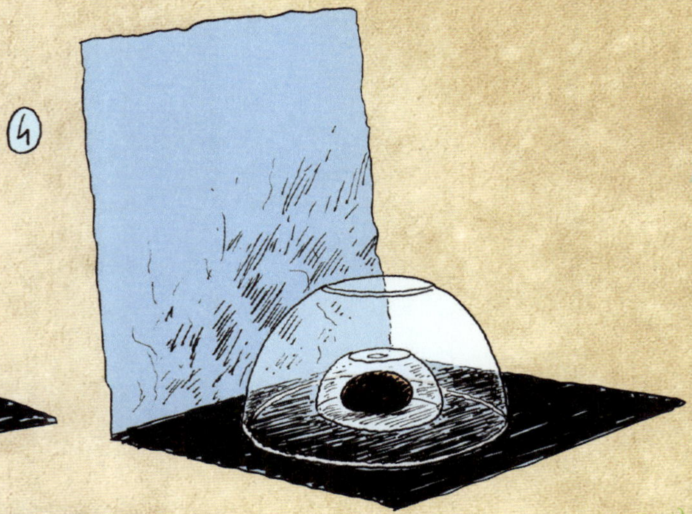

好香啊！

俄罗斯的科学家们曾经种下过一颗在西伯利亚地层深处找到的种子，这颗种子被发现时已经 3000 岁了！2012 年初，它第一次开出了花朵，只要再掌握一点史前种植技术，也许你就可以用史前人们曾享用过的香草来调味呢！

美味！

史前人吃的肉很可能和我们现在吃的肉不是一个味道。野生动物为了觅食会耗费很多的能量，因此它们的肉通常都没有很多脂肪。如今蓄养的家畜则恰恰相反。不过，脂肪其实会让肉更嫩更香，所以咱们现在吃的牛排应该是比史前人吃的牛排更嫩、更有味道！

独家炮制的
克罗马农牌可乐

天然的矿泉水蕴含丰富的矿物质，清凉甘甜，沁人心脾……可是，要是克罗马农人的饮料真的如此可口，那克罗马农熊孩子们怎么还会在饭桌上胡闹呢？试试在吃饭的时候给他们克罗马农牌可乐水喝吧，保证立刻安静！

1. 在厨柜里找三种不同的茶叶包。
2. 请大人帮忙，把3个茶包泡进300毫升的沸水中。让茶水一直沸腾大约5分钟，直到只剩下100毫升的浓茶。把茶水慢慢放凉。
3. 把做好的浓茶倒进一个500毫升的瓶子里，加点柠檬汽水调制一下。
4. 在瓶子上贴上一个漂亮的标签。下顿大餐时就可以让你的可乐水闪亮登场了。效果绝对轰动！

温馨提示：如果你没有克罗马农人强健的体魄，建议不要饮用哦！

喂！
怎么啦？
孩子们都很开心。
永远有一颗好奇心就是青春永驻的法宝！
轮到咱们了！
猛犸车道入口
真好吃！
喂，把你的豪华猛犸再往前骑过来点！
哼，真是的！听我说，可乐麦当劳早晚得关门儿！
Jojo 烧烤
可乐麦当劳

烤可乐饼

克罗马农人是不是都很热爱美食？大概没人知道答案……不过，你肯定是个小小美食家呀！快点戴上高高的厨师帽试一试吧，大厨非你莫属！

1. 把烤箱温度设置为190℃，预热5分钟。
2. 将150克杏仁放入一个密封袋中。把袋中的空气排出后封好。
3. 找一根擀面杖把杏仁压碎。这活儿有点儿费劲，是地道的克罗马农人干的活。
4. 翻开一张现成的酥皮饼。
5. 将压碎的杏仁和100克的白糖均匀撒在酥皮饼上。用擀面杖在上面擀一下，把杏仁和糖压入饼中。
6. 把酥皮饼的一边卷到中间，另一边也卷到中间，酥皮饼最后就像个画轴一样。
7. 把酥皮饼切成大约2厘米的小段，然后将它们放在烤盘上。
8. 请大人帮你把烤盘放到烤箱里，12分钟以后可乐饼就香喷喷出炉啦！

磨坊主结实的肌肉！

史前人会将谷物放到一块又大又平的石头上来碾碎，这块石头叫作“磨盘”，再用一块被称为“研杵”的鹅卵石在谷物上来回滚压。“面粉”就是这样磨出来的。

烤棉花软糖

壁炉里火烧得正旺，还发出噼噼啪啪的声音？你快趁着这个好机会模仿一次老祖宗！用烧烤扦插住一块棉花糖，然后把它放在火旁边烤成焦糖。晾凉以后你就可以品尝美味啦。

第五章

自制史前玩具

严肃的事就说到这吧！不管是在史前、现在还是未来，孩子爱玩的天性都是一样的。所以本书最后一章的游戏规则只有一个：怎么开心怎么玩儿！

你适合收养史前动物做宠物吗？

在你认为正确的答案前打钩

1x 你正在训练你的宠物掌握以下哪种技能：

- □ 把邻居的拖鞋送回去
- □ 把妈妈的报纸送给她
- □ 部落里盖窝棚的时候帮忙递根树枝之类的

2x 你什么时候带着宠物散步：

- □ 一早一晚每天两次
- □ 从不！你在你家和邻居家花园之间的栅栏上开一个通道，让它自娱自乐
- □ 在出远门需要坐骑的时候

3x 你的宠物便便后，你会：

- □ 把便便留在原地，反正你也没有推土机呀
- □ 用塑料袋把便便拾起来
- □ 把那堆便便留在原地，但愿严厉的扑克脸先生一脚踩到它！

4x 为了清洗和保养宠物的皮毛，你会：

- □ 一到换季的时候就把它带到宠物皮毛梳理员那里
- □ 等到它身上长满了跳蚤的时候就把它的毛全部剃光
- □ 帮它梳理，然后把长的毛编成小辫子

5x 为了清洗和保养宠物的皮毛，你会：

- □ 把贝蒂姑妈做的清蒸西蓝花直接递给桌子下的它
- □ 在它的碗里倒进些“强力型”宠物粮
- □ 指着辽阔的原野对它说：“你还愣在那儿干吗，赶紧吃吧！”

没错，你是可以收养动物了……不过不是史前的！

你可以，你简直太可以了！你赶紧领头猛犸象回家吧！

还得再加把劲啊。要不你找个绒线玩具先练练？

宠物

史前时代和公元 21 世纪的宠物完全是两码事!

不过不论是史前时代还是公元 21 世纪，宠物总是会给人带来同样的快乐!

主办可乐匹克运动会

可乐匹克运动会是各部落欢聚一堂的盛会。每个部落都会推举最棒的选手参加比赛。在这欢乐的一天里，激烈的比赛和精彩的表演层出不穷。你也可以主办一回可乐匹克运动会。等选好中意的一项或几项比赛以后你就可以着手进行准备工作了。可别忘了压轴大戏：给冠军颁发奖牌！

盯梢技能大赛

第一项比赛：清掉脚印

第一轮：扫帚

主持人根据参赛人数为每人准备一把扫帚。扫帚可以是一把草、一支牙刷、一把真扫帚、一根松枝或一撮吸管都行。主持人在地上标出跑道并在跑道上放上小石子、树叶、气球、几把草，等等。每个参赛选手必须用扫帚扫清跑道。最先扫完的就是赢家。

第二轮：倒行

主持人在跑道上做好记号，每个参赛选手必须倒着走在记号上面，谁走得最快谁赢。要是摔倒了，就要被判罚多加 3 秒钟。

第二项比赛：留下痕迹

第一轮：堆金字塔

主持人发给参赛选手半盒方糖，每个参赛者都要用这些方糖搭成一个金字塔，另一名参赛者需要在距离“工地”30 厘米处不停地向竞争对手的金字塔吹气。搭金字塔用时最短的选手获胜。但在搭建过程中，如果被暴风吹下一块方糖，选手的成绩也要被判罚多加 3 秒钟。

第二轮：脚印

主持人标好跑道并在起点处放一盆水。选手们两个人一组，第一个人把脚浸入水中并沿着跑道开跑，第二个人必须用粉笔在湿脚印干掉之前画出脚印的轮廓。用时最短的团队获胜。

如果画得和真的脚印差距太大，成绩也要被罚 3 秒钟。

狩猎和捕鱼技能大赛

第一项比赛：狩猎

第一轮：掷标枪

主持人在地上设一个目标，每个选手都朝这个目标掷标枪，谁的标枪离目标最近谁就得1分。比赛可以分一次或几次进行，目标可以越移越远。最后谁得分最多，谁就是赢家。

第二轮：越过猛犸

两个主持人负责扯皮筋。参赛者必须从皮筋的一边跳到另一边，整个过程都不准用手。主持人的皮筋会越扯越高（膝盖、大腿、腰、肩膀、头）。没有按照要求做动作的参赛者会被淘汰出局。谁跳到最后谁就是冠军。

第二项比赛：捕鱼

第一轮：神捕

主持人在地上画个圆圈（代表大海），然后再准备10块小石子。每个参赛者可以向海中投10次小石子，每扔进一块代表得1分。谁扔进去的石子最多谁就是赢家。

第二轮：越来越大的渔网

主持人是第一位渔民，其他参赛者是鱼。一旦渔民碰到一条鱼，鱼就变成渔民反过来帮他捉鱼。慢慢地渔民越来越多，渔网也就越来越大。最后一只没被捉到的鱼就是胜利者。

采摘比赛

第一项比赛：不畏艰辛长途跋涉

第一轮：披荆斩棘

参赛选手站在起跑线上，身体前倾并用手抓住脚腕。发令枪一响，所有选手开跑，请注意不能把手从脚腕上放下来。第一个跑到终点的选手获胜。

第二轮：跳石头过河

主持人在地上画一个大的长方形来代表河流，然后在河里画上大大小小的圆圈代表石头。参赛者要从一块石头跳到另一块石头上，但脚不能碰到河水。谁过河最快谁就赢得比赛。如果途中谁的脚掉进了河水里，这个人就要被判罚 3 秒钟。

第二项比赛：鹰隼般锐利的眼睛

第一轮：寻找目标

主持人把方糖藏好后告诉参赛者寻糖的范围，然后参赛者开始寻宝。在规定时间内（比如 2 分钟）找到方糖最多的选手获胜。

第二轮：该出口时就出口

主持人把一个苹果用丝线吊在树枝上，苹果要不高不低刚好能被嘴巴咬到。参赛者必须用牙咬下一块果肉，整个过程不能用手。谁咬得最快谁赢得比赛。

部落间的比赛

第一项比赛：比团结

第一轮：蚂蚁

这是个双人一组的跑步比赛：第一个队员弯腰把双手从腿间伸到身后，第二个人抓住第一个人的双手。握住双手的两个人就像是一只蚂蚁的样子。“蚂蚁”们就位后主持人发令开跑。最先到达终点的“蚂蚁”是赢家。

第二轮：连体婴

这也是个双人一组的跑步比赛：两名队员并肩站好，主持人把第一名队员的左腿和第二名队员的右腿绑在一起。所有的组员就位后主持人发令开跑。第一个到达终点的组获胜。

第二项比赛：比信任

第一轮：背靠背

这是个双人一组的跑步比赛。参赛的两队员背对背站好。主持人把他们的两个手臂绑在一起。所有队伍都各就各位后，主持人发令开跑。第一个到达终点的团队获胜。

第二轮：好向导

主持人把一个大的目标物放在比较显眼的地方。参赛者两个人一组，其中一个队员的双眼会被丝巾蒙住，另一队员做向导，蒙住双眼的队员需要原地转圈使自己彻底失去方向感。所有被蒙住双眼的参赛者转完圈后都面对自己的向导站好。主持人发令后，向导负责指引被蒙住双眼的队友最快摸到目标物，向导自己在比赛过程中不可以走动。

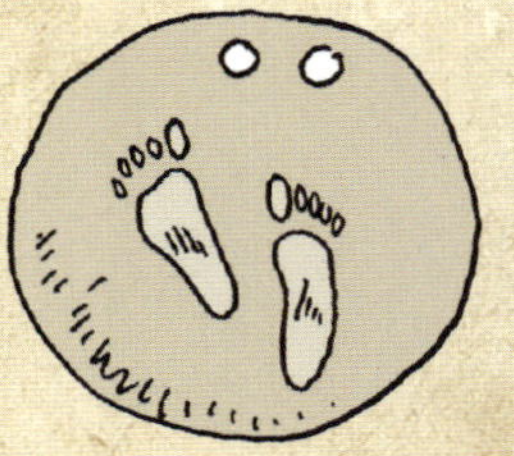

奖牌

你可以用糕点面糊来为每轮比赛打造奖牌。把面团压扁、弄圆，然后在上面刻上比赛名称。在圆盘的上部打个用来穿丝线的洞。记住：在为胜利者颁奖之前至少得把圆盘搁置晾干 48 小时以上！

翻石子

在克罗马农人生活的时代，骨头有各种各样的用途……它们也是玩具！

加工石子

动物骨头不好找？那我们就用石子代替吧！捡 5 块光滑的小石子，用毛笔把其中一块涂成红色，然后再涂一层清漆。耐心等到清漆干透，你的石块就可以玩啦！

游戏规则

选手们围成一圈，席地而坐，从最年轻的选手开始，按照花样的顺序，一次接一次地翻，直到失手。失手后就由坐他左边的选手接着玩。等到圈中人都轮流玩过一轮以后，再回到第一个选手，他要从第一次失手的那个花样开始接着玩，然后再继续下一个花样。周而复始！第一个顺利完成所有花样动作的选手赢得比赛。

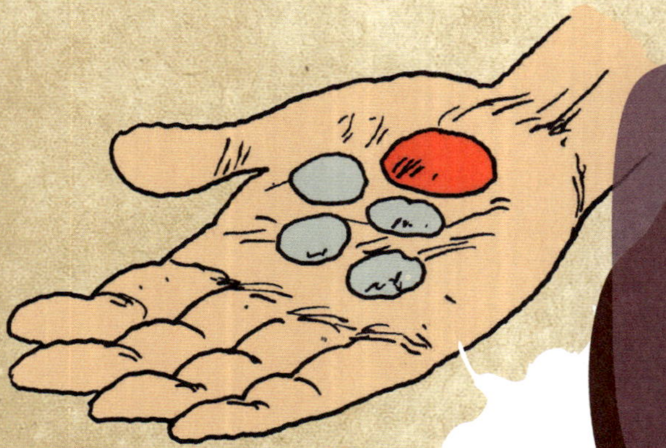

骨头的 1001 种用途

史前人类用骨头来做各种各样的事。大的骨头用来搭窝棚或用来当挖土的铁锹，长长的骨头则被当成吸管用来向岩壁喷洒颜料。骨头还可以被精心制作成投枪器。从小骨头上取下的骨刺可以用来做针。用骨头做成的首饰就更是数不胜数啦！

翻石子花样

燧石

把所有石子都握在手掌里。

将它们向上抛出再反手用手背接住，至少得接住一个。然后再把接住的石子从手背抛出再反手用手掌接住。

南方古猿

把所有的石子在你面前摆好。在把红色石子向上抛出的同时从地上抓起一块灰色的，然后赶紧接住下落的红石子。把抓起的那块灰色石子放在旁边，用同样的方法一个一个地抓剩下的三块灰色石子。如果红色的石子掉在地上你就算输了。要是你没来得及从地上抓到灰色的石子但却接住了红色的，你还可以重玩。

能人

和“南方古猿”玩法相同，只是你需要把灰色的石子两个两个地抓起来。要是你第一次只抓到一块，你就把它握在手里，然后把红色的抛出，再抓第二块灰色的。你也可以趁着红色的石子被抛出的时候把地上的灰色石子整理到一块儿，这样下回就比较好抓了。

尼安德特人

和“能人”玩法相同，只是第一次先抓一块灰色石子，第二次再一把抓起剩下的三块石子。

克罗马农人

和“能人”玩法相同，只不过要一次一把抓起四块灰色的石子。

虎掌

把四块灰色的石子夹在五指之间，就像一只老虎掌一样。把红色的石子放在手背上，抛出再用手掌心接住。

接着，在只允许手指动的情况下将所有的石块握到手心里，不能用另外一只手帮忙。然后你就可以再从“燧石”开始玩了。要是你能把这六种花样一个接着一个地都玩下来，你就赢了。

五彩缤纷的游戏棒

只需几根小棍棍和灵巧的身手，你就能成为彩色游戏棒的大玩家！

制作彩色游戏棒

找 41 根牙签，用毛笔蘸上颜料把它们涂上颜色：1 根黑色、5 根黄色、5 根蓝色、15 根绿色和 15 根红色。

各种图案随便你用：螺旋线、满天星、彩色条纹，或者干脆全涂上颜色也行！

轻手轻脚！

拿起一根彩色游戏棒的几种不同方法：指尖轻轻夹起；压住牙签一端然后用另外一只手捏住另一端；用另一只彩色游戏棒把它挑起来或者推着它轻轻滚动；用两只食指顶着两端小心移开……

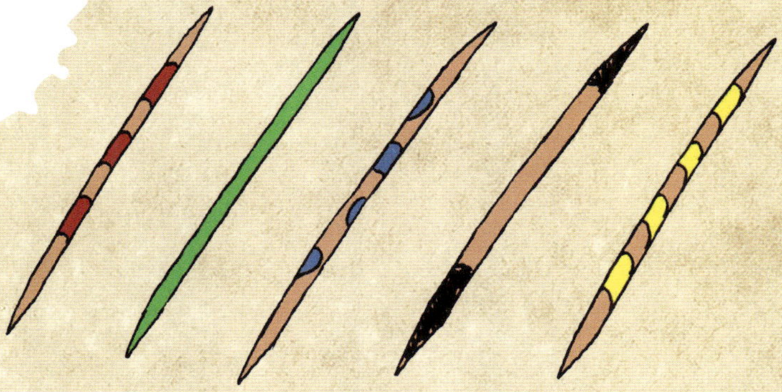

开始彩色游戏棒游戏

+ 同其他选手共同决定一局的回合数。

+ 握住这束彩色游戏棒然后松手，让游戏棒掉在桌面或表面比较平的物体上。

+ 这个游戏的目标是在不碰动其他游戏棒的前提下捡起一根彩色游戏棒。成功捡起一根后可以接着再玩，没成功的话就要把游戏让给下一位玩家来玩。

+ 当桌面上没有游戏棒的时候，第一个回合就结束了。结束后每个参赛选手数自己捡起的游戏棒并算分：1 根黑色代表 20 分，黄色是 10 分，蓝色 5 分，绿色 3 分，红色 1 分。

+ 等到定好的几个回合都结束以后，谁的总分最高谁就赢得比赛。

翻绳游戏

只要你掌握了图示的游戏技巧，即使你的手小了点，也一样可以完美地完成金蝉脱壳的动作。你的精彩表演一定会让所有人都大吃一惊。

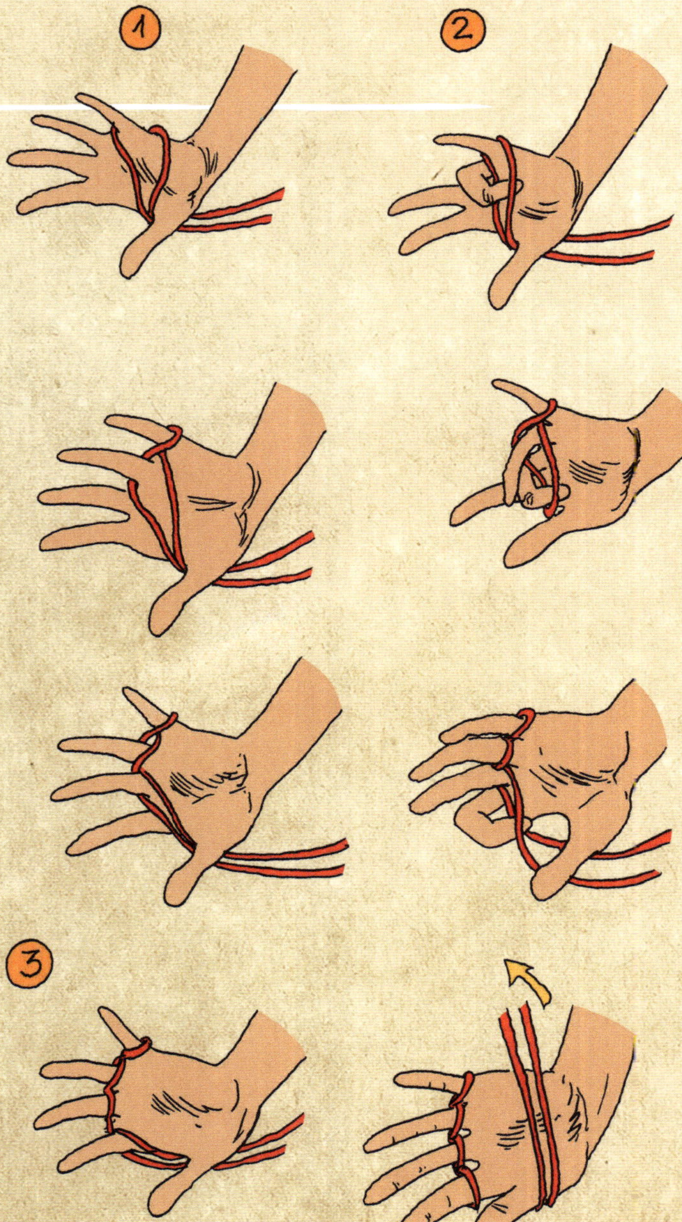

1. 把丝绳绕在小指上，将两端夹在食指与大拇指之间。

2. 弯下无名指并挑起较远的那根丝绳：丝绳就被绕到无名指后了。然后再重复一样的动作，用中指和食指再挑，每次都是挑稍远的那根丝绳。

3. 把两根丝绳绕到大拇指后头，然后再绕回到手掌前并扯紧。

4. 接着用同样的方法再绕第二圈，不过这次是从食指开始绕到小拇指的相反顺序。

5. 把食指从丝绳里拉出，然后扯一下两根丝绳。丝绳一下子被全部扯掉，手指头们重获自由了！

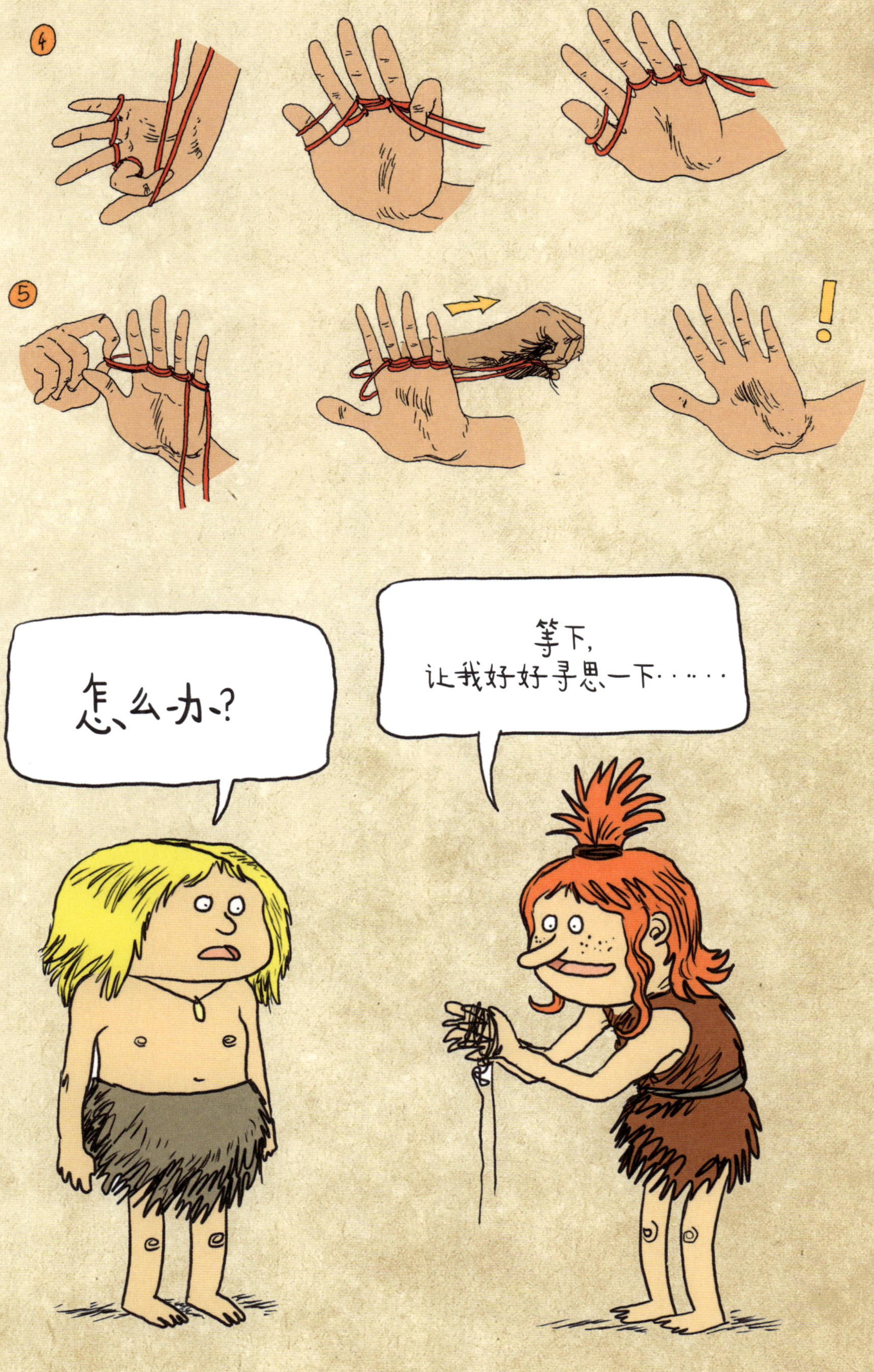
4
5
!
怎么办?
等下,
让我好好寻思一下……

如此不同？

昔日第一幕
开饭了！
来啦！
我刚结束战斗！
……
昔日第二幕
……别在路上耽搁……
不会的！
不会耽搁很久啦！
这个绝对是个神器！此器只应天上有，人间能得几回闻！
哇！
昔日第三幕
好好照顾你小弟！
好的！
给你……
?
你不喜欢苦杏仁？！
咳咳！
昔日第四幕
要是能去未来就好啦！

未来第一幕
开饭了！
来啦！
我刚结束战斗！
嘟嘟嘟
……
未来第二幕
……别在路上耽搁……
不会的！
不会耽搁很久啦！
这个绝对是个神器！此器只应天上有，人间能得几回闻！
哇！
未来第三幕
好好照顾你小弟！
好的！
给你……
？
你不喜欢胡椒糖？！
咳咳！
未来第四幕
要是能回到过去就好啦！

时光之路任君遨游！

在史前世界经历了这趟漫长旅行以后，你仿佛有了回到过去的车票。不过你始终是 21 世纪的智人！谁能比你更有资格想象未来的人类会是什么样子呢？当然没人喽……你快点把他们画出来吧，艺术家！

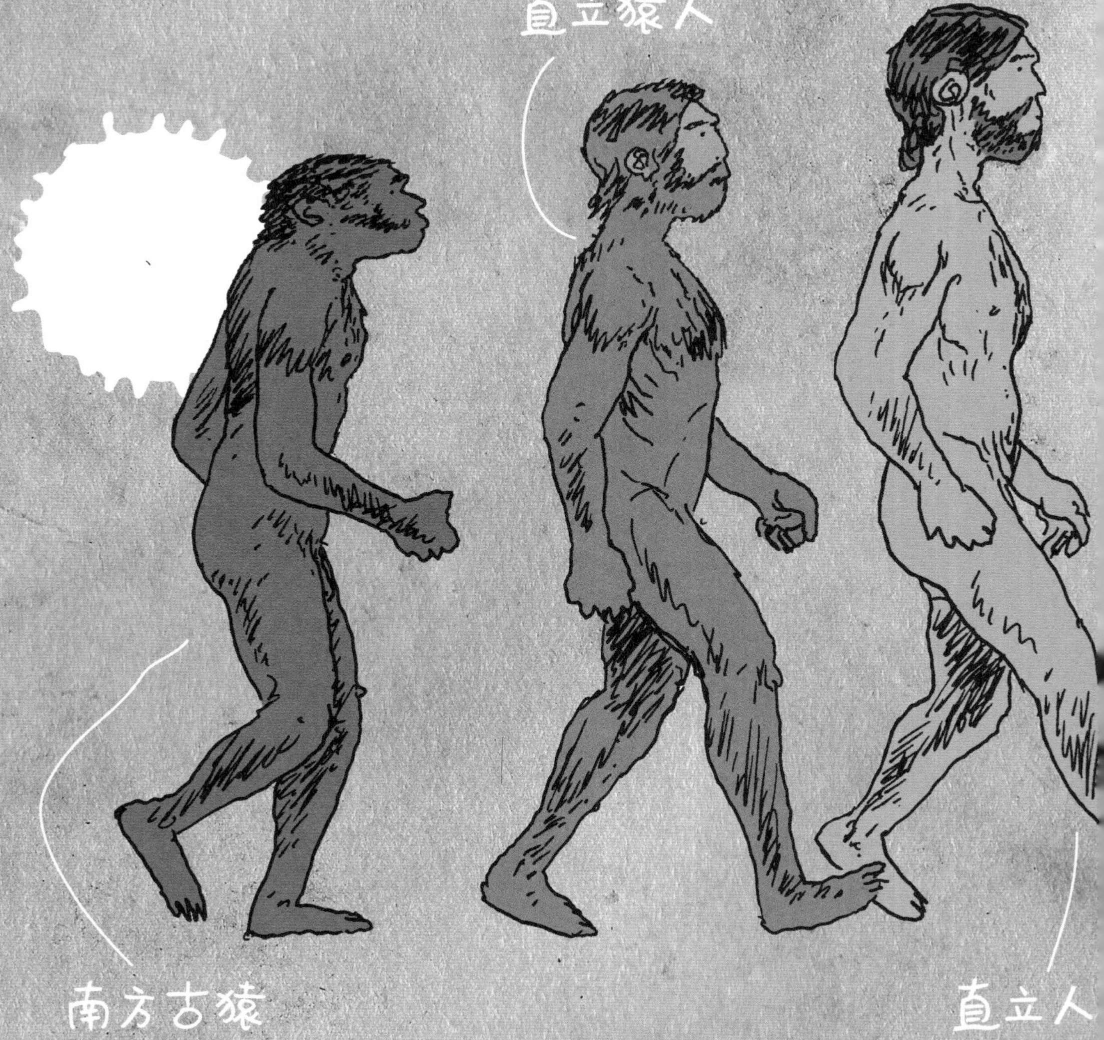

200 万年后的地球人?
尼安德特人
现代人

啪啪

图画本

在近期发现的一个岩洞深处，我们发现了几幅草图，这几幅草图给了本书不少启示。你先好好欣赏、研究一下，然后就请你拿起画笔来临摹吧！

P36-37
(夜晚)
成天在洞窟里画画，害得我都着凉了……什么草能通鼻塞来着？
十里香呀，我都跟你说过多少回了……
Phicil

看你的了！

图书在版编目（CIP）数据

疯狂原始人 / (法) 米里埃尔·祖尔切文 ; (法) 菲利普·吉洛特, (法) 帕斯卡尔·瓦莱图 ; 徐峰译 ; 浪花朵朵编译. — 北京 : 北京联合出版公司, 2018.3

ISBN 978-7-5596-1480-3

Ⅰ. ①疯… Ⅱ. ①米… ②菲… ③帕… ④徐… ⑤浪… Ⅲ. ①儿童故事－图画故事－法国－现代 Ⅳ. ①I565.85

中国版本图书馆CIP数据核字(2018)第005351号

疯狂原始人

著者：[法] 米里埃尔·祖尔切 文
[法] 菲利普·吉洛特 [法] 帕斯卡尔·瓦莱 图

译者：徐峰　编译：浪花朵朵

选题策划：北京浪花朵朵文化传播有限公司

出版统筹：吴兴元

特约编辑：赵天珅　责任编辑：肖桓

营销推广：ONEBOOK　装帧制造：墨白空间

北京联合出版公司出版
（北京市西城区德外大街83号1层 100121）
北京盛通印刷股份有限公司印刷 新华书店经销
字数：23千字 787毫米 x 1092毫米 1/16 6印张
2018年5月第1版 2018年5月第1次印刷
ISBN 978-7-5596-1480-3
定价：60.00元

后浪出版咨询(北京)有限责任公司
常年法律顾问：北京大成律师事务所 周天晖 copyright@hinabook.com